AF465952

Fernand Clerget

23 1906

Louis-Xavier de Ricard

REIMS
Edition de *La Revue Littéraire de Paris et de Champagne*
33, CHAUSSÉE DU PORT, 33

1906

8° Ln27 52067

Du même Auteur

EXPULSÉE, roman de mœurs politiques, 1889.

LES TOURMENTÉS, poésies, avec un portrait, 1891 .... 3 »

HENRY PIVERT, roman de mœurs littéraires, 1891 .... 3 50

L'HÉRITIÈRE, roman de mœurs bourgeoises, 1894 .... 3 50

PAUL VERLAINE ET SES CONTEMPORAINS, 1897 .... 1 »

L'AME CHAMPENOISE, 1905 .... 3 »

Etudes littéraires :

ENQUÊTE SUR LA LITTÉRATURE, 1902 .... 1 »

LE ROMANTISME, 1903 .... 2 50

ÉCRIVAINS D'HIER ET D'AUJOURD'HUI, 1903 .... 1 25

Littérateurs et Artistes :

ERNEST RAYNAUD, avec un portrait par SCHÜTZ-ROBERT, 1905. 1 50

PAUL GOURMAND, avec un portrait, 1905 .... 2 50

ÉMILE BLÉMONT, avec plusieurs portraits, 1906 .... 3 50

Prochainement :

JULES BARBEY D'AUREVILLY.

LÉON RIOTOR.

(A la Bibliothèque de l'Association, 91, rue Lecourbe, Paris, 15e.)

Fernand Clerget

Louis-Xavier de Ricard

REIMS
Edition de *La Revue Littéraire de Paris et de Champagne*
33, CHAUSSÉE DU PORT, 33

1906

RF

LOUIS-XAVIER DE RICARD

PAR

SCHÜTZ-ROBERT

LOUIS-XAVIER DE RICARD

BIBLIOTHÈQUE NATIONALE R.F. IMPRIMÉS

Louis-Xavier de Ricard est né en 1843, à Fontenay-sous-Bois ; mais son vrai pays d'origine est le midi, où vécurent ses aïeux, une famille noble et ancienne de la Provence et du Languedoc. Son arrière-grand-père mourut procureur du roi à Toulon. Jean-Louis de Ricard, son grand-père, commissaire de la marine à Cette, puis chef de l'administration maritime au port de Toulon, fut arrêté en 1793 ; il parvint à s'évader, émigra avec sa famille à Livourne, Barcelone, rentra sous le Directoire, devint intendant du duché d'Illyrie, ordonnateur de la marine à Venise, et plus tard commissaire administrateur à la Martinique. Il lui était né un fils en 1787, Joseph-Amable de Ricard, qui suivit ses parents émigrés, et, après le retour en France, passa par l'école militaire de Fontainebleau, servit en Italie, en Espagne ; mis en demi-solde sous la Restauration, Joseph-Amable reprit du service, comme chef d'état major à la Martinique ; nommé général en 1845, il fut promu au commandement de l'école militaire de Saint-Cyr en 1847, et devint cinq ans plus tard premier aide de camp du prince Jérôme, ancien roi de Westphalie ; une intrigue l'obligea de démissionner (1856); quand il mourut, en 1867, il laissa des *Mémoires* sur les deux périodes napoléoniennes, dédiés à son fils Louis-Xavier.

Le grand-père avait été un fervent légitimiste, et le père un fidèle bonapartiste ; leur descendant fut, dès l'adolescence, un républicain hostile aux Napoléons et au cléricalisme. Le Quartier-Latin, où il demeurait avec ses parents, couvait aussi bien des idées d'émancipation en rapport avec les siennes, comme avec ses lectures : les philosophes du XVIIIe siècle, Hugo, Michelet, et Népomucène Lemercier qui contribua beaucoup à sa libération intellectuelle ; le général, esprit libéral, le laissait libre, mais d'autres parents, intolérants, le décidèrent à s'affranchir moralement du milieu familial.

Dès ce jeune âge encore, Louis-Xavier s'éprenait du midi, du Languedoc paternel : le fédéralisme germait en lui ; à quatorze ans (1857), il écrivit

Les Albigeois, longue tétralogie en vers contre Simon de Montfort. Trois ou quatre ans après, une jeune parente leur lut des strophes de *Mireio*, toute fraîche parue, et il éprouva comme un vertige à la sonorité provençale de ces vers. Mistral, ainsi révélé, l'anima d'une nostalgie des pays ancestraux « On trouverait constatée cette première prise de possession félibresque, écrira-t-il plus tard, dans un volume, publié alors, volume de vers naturellement, déjà tout envahi du midi en la personne de la révélatrice qui reste, au fond de cet éloignement, comme une vision et une clarté d'aube dont la lueur a flotté sur ma vie entière. » Ce premier recueil de vers : *Les Chants de l'Aube*, composé de seize à dix-huit ans, parut en 1862.

L'année suivante, Louis-Xavier de Ricard fonda au Quartier-Latin, avec quelques amis, *La Revue du Progrès*, publication mensuelle. Toutes ses idées s'y retrouvent, au moins en germe, même ses idées féministes, dans un roman intitulé : *L'Œuvre de trois femmes*. Le programme défendait la liberté individuelle et l'universelle solidarité. Rattachés à Michelet, Quinet, Proudhon, et aux libertaires du temps, les rédacteurs — dont Paul Verlaine, qui, pour ses débuts, espagnolisait là sous le nom de Pablo — firent de la revue un rendez-vous des jeunes républicains, socialistes, positivistes et scientifiques. Ce fut une des premières protestations de la jeunesse contre l'empire. Le directeur n'ayant que vingt ans, Adolphe Racot endossa la gérance. D'anciens libéraux, Emile et surtout Antony Deschamps, furent avec eux, qui entretinrent aussi des rapports avec les exilés, Hugo, Quinet. Or, Dupanloup, évêque d'Orléans, lança une brochure : *l'Athéisme et le péril social*, pleine de citations tirées de *la Revue du Progrès*; des journaux et revues catholiques les dénoncèrent au pouvoir impérial, qui poursuivit. La revue fut saisie ; Ricard, Racot,et deux autres, comparurent devant la sixième chambre correctionnelle ; ils étaient défendus par Clément Laurier, secrétaire de Crémieux, et par Gambetta, qui commençait à se faire connaître. Ces jeunes avocats, obtenus par l'entremise d'Alexandre Massol, vénérable d'une loge maçonnique, firent, naturellement, des plaidoiries contre l'Empire; on en retrouverait une impression dans un article d'Henri Brisson au *Temps*. Un des accusés fut relaxé, un autre eut quinze jours de prison, Racot un mois, et Ricard trois mois avec douze cents francs d'amende. C'est le 23 octobre 1864 que le fondateur de *la Revue du Progrès*, disparue au dixième numéro, alla loger à la prison de Sainte-Pélagie ; il y écrivit ce sonnet le jour même :

Première soirée en prison

Je suis seul. — La prison m'entoure, triste et nue :
Les verrous de la porte ont grincé. — Je suis seul,
Le silence et la nuit ont cousu mon linceul,
Et, lentement, je bois une mort inconnue.

Toi, que fais-tu là-bas ? — Toujours je pense à toi.
Puis, si quelque fraîcheur de la nuit irisée,
A travers les barreaux, arrive jusqu'à moi,
Dans ses parfums lointains j'aspire ta pensée.

Car tu penses à moi. — Nos corps sont séparés;
Mais l'éternel amour réunit nos deux êtres,
Et nos cœurs sont liés par mille nœuds sacrés.

O vents, dont j'entends l'aile effleurer mes fenêtres,
Vents des nuits, reportez vers elle en soupirant
Le baiser de son cœur qui m'appelle en pleurant.

Pendant ses trois mois de prison, il eut les visites de son père et de jeunes militants, déjà ses amis : Gustave Tridon, Raoul Rigault, Gustave Flourens, Emile Maison, Robert Luzarche.

Aux réceptions familiales, Ricard avait connu Sully Prudhomme ; il rencontra Villiers de l'Isle-Adam au Quartier-Latin. Ses parents allant demeurer aux Batignolles, il fut voisin de Paul Verlaine, avec lequel il était lié déjà, et d'Edmond Lepelletier. Il avait aussi un logement personnel donnant sur la rue de Douai et la rue Duperré, à côté de Catulle Mendès. Le groupe se formait peu à peu. C'est un ami de Verlaine qui présenta Ricard au jeune libraire Alphonse Lemerre, lequel accepta de mettre son nom sur le livre : *Ciel, Rue et Foyer* ; ce fut la première édition de Lemerre.

Ciel, Rue et Foyer, « un beau livre sévère, noble et charmant, » (Paul Verlaine), fut publié au commencement de 1866. Il s'annonce par cette toute simple et si droite

Préface

Salut, ami lecteur : — accueille avec bonté
Ces poèmes nouveaux, écrits pendant l'aurore
De cette ère naissante, où l'on entend éclore
Dans les sillons profonds la jeune humanité.

Œil rêveur, je voyais avec anxiété
Croître dans tous les cœurs la lumière sonore,
Et j'entonnais devant les cieux qu'elle colore
Un hymne de triomphe et de sérénité.

J'ai cette ambition que mon livre révèle,
D'initier ma muse à la nouvelle loi,
Et d'apprendre à mes vers une langue nouvelle.

Si c'est là de l'orgueil, lecteur, pardonne-moi :
Juge, sans parti-pris, mon œuvre telle quelle,
Mais sache qu'avant tout c'est un acte de foi.

Cependant son inspiration, déclare-t-il aussitôt, ne veut rien emprunter aux fois anciennes ; sa croyance : une femme qui sera son Dieu, se dresse très vivante au seuil du cimetière des rêves d'autrefois. On avait cru la beauté, l'amour et la grâce périssables, et que le divin durait seul : c'est juste le contraire que proclame ce poète. Il ne veut croire qu'au monde visible ; l'autre n'existe plus Et il s'avance d'un pas délibéré dans cette voie strictement terrestre ; il a une hâte sombre et farouche de tourner le dos à toute religion, de s'enfoncer, sans daigner discuter, dans le domaine nouveau de l'émancipation absolue :

C'est à l'homme aujourd'hui que notre âme dévoue
Les saintes facultés que nous donnions à Dieu.

Il appelle la révolution, salue le progrès contemporain, et ramène toute espérance en la femme, l'amour.

Le livre premier : l'Art et l'Histoire, est dédié, par ce sonnet d'un hiératisme libertaire,

A Edgar Quinet

La baguette du temps frappe le jour nouveau
Au fond de l'avenir où tout enfant il joue ;
Souriant au destin, il se lève et secoue
La brume et le brouillard qui chargent son manteau.

L'aurore, en rougissant, l'embrasse, puis dénoue
L'or roux de ses rayons sur son front jeune et beau.
Il part ; et l'univers sort, comme d'un tombeau,
De la profonde nuit qui s'azure et se troue.

Ainsi, ta main hardie et sereine a placé
Les clartés du savoir et de la poésie
Dans notre âpre chemin, que l'ombre avait glacé.

Tu fis vibrer les cœurs du verbe de la vie
Dont le charme éternel réveille les esprits.
L'âme de l'avenir habite en tes écrits.

Se voulant immuable dans son activité, il affermit encore son geste déterminé, sa pensée virile d'où il chasse la rêverie, et les vers même se font rigides, toute la vigueur du poète se rallie autour de sa conception :

Tandis que le troupeau des âmes insensées
Confusément se rue à l'assaut de demain,
Toi, ne laisse jamais l'essaim de tes pensées
Rôder dans les buissons qui bordent ton chemin.

Sous le fouet des désirs, qui gouvernent la foule,
Comme un fier étalon cabre ta volonté,
Et, bravant le torrent du destin qui s'écoule,
Assieds-toi fortement dans ta sérénité.

De ce point fixé, en une page résolue qu'il faudrait citer entière, l'austère poète se retourne vers l'autre des pôles de la pensée : le passé, qu'il faut respecter. Une âme profondément naturelle, humaine, peut-elle ne pas entendre frémir les cantiques lointains d'une ère qui n'est plus ? Il les évoque même, ces âges primitifs du jeune soleil, des aurores aux rayons plus certains, où

La conquête des dieux envahissait les âmes.

Les peuples écoutaient les poètes, la vie adolescente pétillait d'ardeur et de croyance... et, le sujet antique y aidant, le vers fraternise avec celui de Leconte de Lisle. Mais vite la personnalité ressaisit son poète, qui pose cette couronne sur le berceau des hommes :

Blond pays du soleil et des vastes aurores,
Orient, ton ciel large a couvé les esprits ;
Et ton sein, palpitant sous des frissons sonores,
Du lait de l'idéal ton sein les a nourris.

Les divines moissons ont fleuri sur ta terre.

. . . .

Orient ! Orient ! toute âme calme et fière
Comme un trésor sacré garde ton souvenir,
Car ta tradition est la vive lumière
Qui, du lointain des temps, jaillit sur l'avenir.

Puis il remarche vers l'autre pôle, si ardemment espéré :

Dédaigne le présent qui murmure en fuyant.

Il t'insulte, il te hait. Que t'importe sa haine,
A toi dont le courage, acceptant le destin,
De l'époque des dieux va vers l'époque humaine,
Et du passé sans fond à l'avenir sans fin ?

O poète, ton sein qui le contient, frissonne
Sous la gestation du nouvel idéal.

Toutefois le passé ne se quitte pas aisément ; ce séducteur a des agréments pour tous, et notre poète s'attarde avec joie près d'Aphrodite. N'est-ce pas fatal ? Dès que l'on déserte la foi au Dieu unique, on rencontre les dizaines de dieux du paganisme. Charybde et Scylla de l'idéal ! Le paganisme doit plaire à une âme plus active que contemplative, qui se précipite en pleine nature et par conséquent aime des dieux, entités visibles de cette nature, plutôt qu'un Dieu, son ordonnateur invisible. Quand le poète ou l'artiste dépasse les formes palpables, il est moins artiste ou poète, il commence à devenir apôtre. Or, c'est tout le poète, rien que le poète, qui évoque, pour fortifier son idée moderne, le vieil Océan, le Chaos, et la nature largement épanouie autour de l'homme, son dompteur séculaire. L'homme est Dieu ! s'écrie-t-il en son enthousiasme. Et par ses vers ardents, mais sans cesse ordonnés, Ricard dépeint l'odyssée longue, variée, de la lutte contre les éléments, de l'amour qui enfante l'harmonie et de la haine qui fonde l'histoire ; les chefs, les rois et les reines, les héros, dont les Egyptiens firent des dieux et des déesses qu'acceptèrent la Grèce et Rome : Uranus, Cybèle, Saturne, et les autres, revivent d'une vie énorme, où les mers roulent en tumulte leurs troupeaux de vagues, où la terre projette violemment ses lourds feuillages vers un ciel plein de foudre et d'éclairs. Mais d'un nid d'écume ruisselante d'aurore, Vénus se lève, et le poète se fait peintre pour ressusciter les tableaux où triomphe la païenne consolatrice. Le poème, jusqu'ici grondant et abrupt, s'achève en un hymne d'amour à la beauté, reine des hommes. Puis le poète, éveillé de cette vision séculaire, la fixe pour son temps fugitif en la ciselure de ce sonnet

A Vénus de Milo

O Vénus de Milo, grand poème sculpté,
Les charmes infinis rêvent sous ta paupière,
Et les baisers muets de tes lèvres de pierre
Font descendre en nos cœurs la sainte volupté.

Hymne marmoréen, tu vois l'éternité
T'admirer, et sourire à ta candeur altière ;
A genoux devant toi, l'esprit et la matière
Adorent ta puissance et ta sérénité.

Le temps a respecté ta grâce tout entière,
Et de nos passions la vaine activité
N'a jamais dérangé les plis de ta beauté.

Poète, garde ainsi ton âme intacte et fière ;
Que ton esprit, vêtu d'impassibilité,
Marche à travers la vie au but qui l'a tenté.

Ce sonnet, écrit le 30 décembre 1861, marque à souhait une halte significative entre les formes parnassiennes déjà existantes mais non encore désignées, et le prochain parnasse qui, dix-huit mois plus tard, adoptera ce nom. Même l'impassibilité y est inscrite. — Cependant le poète ne stationne devant ce marbre qu'un instant ; il reprend sa marche vers le progrès humain. Ayant renoncé à l'appui des dieux, il va seul, parmi des abîmes, au milieu des hurlements, sous un ciel furieux. C'est le combat.

Ah ! tendez-moi la main ; je ne sais où je suis.
Mon pied tremble, et j'entends le noir manteau des nuits
Tomber, et rudement froisser ton sein, ô terre !

L'ombre est noire, et la justice lente. Quelle est cette aube rouge ? Où donc est la liberté enchaînée ? On reconnaît ce moment où l'âme républicaine, étouffée, cherchait à se faire entendre en strophes symboliques, dont l'airain vibrait au fond de la nuit intellectuelle, nuit salutaire d'où l'on pouvait guetter l'ennemi. L'aube grandit, saluée par les poètes :

Des chants ont déroulé leurs larges harmonies
Au milieu des splendeurs charmantes du matin ;
Et l'on entend parler je ne sais quels génies
Dans les ondulements de leur flot cristallin.

Esprits, réveillez-vous ! Le soleil qui se lève
Hâte ses rayons prompts pour les mieux écouter.
C'est le chant alterné de la lyre et du glaive
Que d'invisibles voix se sont mis à chanter

. . . .

O vous tous, surgissez des abris qui vous cachent !
O frères, accourez ! les mains du jour attachent
Le glaive au flanc guerrier et la pensée au front.

Les ennemis râlent, vaincus; le poète s'avance dans la forêt qu'un soleil triomphant baigne de jeune lumière :

O forêt, réponds-moi ; le long des aubépines
Et sous l'épais buisson du chemin, les oiseaux
Font vibrer les fraîcheurs de leurs voix cristallines,
Et l'abeille bourdonne au milieu des sureaux ;

Les liserets des bois avec les pâquerettes
Causent dans l'herbe haute ; et les papillons bleus
Au sein vert des gazons cherchent les violettes
Qui laissent délacer leurs corsets amoureux.

L'amour règne et sourit. La nature est en fête.
O forêt, quel sentier me conduira là-bas?
Dis à tes papillons de guider un poète
Dans tes détours ombreux que je ne connais pas.

Là-bas, la liberté combat le despotisme, et le dompte : — tel était le but de ce poème viril, républicain, ne réclamant de l'art que sa forme supérieure, mise au service d'une idée qui emporte tout.

Au bord d'une fenêtre, le poète écoute les rumeurs de la rue, l'homme d'action aspire à y descendre ; de misérables femmes excitent en lui, non la pitié, qui a quelque chose d'injurieux, mais la solidarité humaine :

Effeuillés et flétris par la honte éternelle,
Vos cœurs ne peuvent plus renaître et refleurir ;
Et, si quelque désir y vient battre de l'aile,
Votre air est trop impur pour le pouvoir nourrir.

Et, comme ces buissons qu'a brûlés la gelée,
Vous ne porterez plus de nids dans vos rameaux,
Et vous n'entendrez plus l'aube vive et mouillée
Chantant et grelottant, rire avec les oiseaux.

Quand l'été fleurira, sous vos arides branches,
Les blancs amours, pareils à des marbres sculptés,
Ne viendront plus vous voir, sous leurs tuniques blanches,
Sourire et s'enlacer le chœur des voluptés.

Du soleil matinal les yeux vermeils et roses
Ne perceront jamais l'ombre de vos ennuis ;
De leurs manteaux tordus les impassibles nuits
Versent sur vous sans fin leurs ténèbres moroses.

Vos pieds sont dans la fange ; et vos fronts dépouillés
Rêvent sinistrement dans l'invincible brume ;
Et les dégoûts, vieillards rêveurs et désolés,
Eteignent tous les feux que l'espérance allume.

Le poète accuse la société meurtrière ; quant au Dieu des chrétiens :

Vous donc qui l'adorez, pleurez ! Mais nous qui sommes
La révolte éternelle et l'éternel désir,
Sans pitié pour les dieux nous pleurons sur les hommes ;
Entre nous et les dieux il a fallu choisir !

Pourquoi ? Parce que le moment appartenait à l'oppression, que le cléricalisme tyrannisait la liberté : alors on se jette dans la mêlée, et broyé de souffrance immédiate, on dit à Jésus :

Ton dogme n'a rien fait pour le salut du monde.

Voire ! c'est de Jésus que date véritablement la lutte de l'idéal, de la paix et des faibles contre l'antiquité guerrière et féroce, alors représentée par le sanglant empire romain ; mais a-t-on le temps de peser froidement cela quand on se bat ? Pour juger l'ensemble des dix-neuf derniers siècles, il faut soigneusement discerner l'état général de tyrannie et de barbarie d'avant Jésus, puis mesurer impartialement le progrès de la civilisation depuis sa venue, malgré la persistance des antiques despotismes. Si, depuis le moyen-âge, les ministres catholiques ont abîmé la morale évangélique, celle-ci n'en est pas diminuée davantage que ne l'est le principe républicain livré à des mercenaires. Elle a fait à peu près son temps, soit ; il nous faut autre chose, c'est entendu ; mais le progrès humain, le vrai, date de Jésus. Alors ? Alors, l'homme de l'avenir, qui ne veut plus du galiléen, va, plus loin cependant dans le passé, retrouver un autre idéal déjà choisi :

Ah ! quand nous reviendront les beaux temps de l'Hellade ?

. . . .

Qui me transportera sous le ciel de l'Attique
Où les rêves de marbre étaient des vérités ?
Où, dans l'horizon bleu de la légende antique,
Les labeurs des héros fondaient les libertés !

Il préfère entre tout l'amour terrestre, au point qu'à cause de lui seul il ne repousse pas totalement l'Evangile :

O Jésus ! dans ton livre une page sereine
Te fera pardonner bien des torts expiés :
En repoussant le Dieu, nous gardons Madeleine
Dont les cheveux sacrés ont parfumé tes pieds.

Soit. Mais ces torts, sont-ils d'avoir réhabilité la femme, jusqu'à pardonner même à la femme adultère ? d'avoir tendu la main aux esclaves et de les avoir libérés ? d'avoir, par la patience et la douceur, eu raison de la force brutale, meurtrière ? Jésus, à côté de paroles qu'exigeait son temps, est souvent, sinon le premier, du moins le plus grand de nos précurseurs démocratiques. Certes, maintenant que l'esprit de sacrifice n'est plus utile qu'aux oppresseurs, maintenant que le monde n'obéit plus qu'à l'égoïsme sous une forme hypocrite, sans nulle des grandeurs païennes, il faut la poigne d'un nouveau Moïse pour rétablir la justice et maintenir l'humanité, qui va rouler à l'abîme, sur une pente favorable où elle pourra achever tous ses siècles. Mais cette refonte sociale, qu'il nous faut désormais, empêche-t-elle de reconnaître que Jésus est la plus grande figure qu'ait produit et que produira jamais l'humanité ? Cela dit, je me sens plus d'aise à proclamer que nul, mieux que Ricard, n'a accentué, en poésie, avec tant de précision de pensée et de lyrisme d'expression, l'invincible principe républicain, et toute mon âme venue du creuset de la Révolution française, forgée sur l'enclume sanglante de la Commune, tressaille de joie à sentir, à faire vibrer sous mes doigts cette lyre d'airain que je reconnais, fraternellement.

Les Luttes (livre deuxième) sont dédiées au grand lutteur littéraire du XIXe siècle,

A Victor Hugo

O poète, salut! le siècle est plein de toi :
Ton génie a vaincu l'indifférence humaine.
Le front haut, le pied sûr, et le cœur sans effroi,
Il entre dans la gloire ainsi qu'en son domaine.

Ta poésie, ouvrant ses deux ailes d'airain,
A pris pour piédestal les foudres des orages,
Et fixe son regard lumineux et serein
Sur la houle lointaine et confuse des âges.

Elle voit tous leurs flots s'enfler et moutonner :
Et, cabrant son front vert qui tourbillonne et fume,
Chacun, pour t'applaudir et pour te couronner,
Semble tendre vers toi ses guirlandes d'écume.

Que n'ai-je une couronne à te donner comme eux !
Mais ma muse, humble et fière, est la vierge pudique
Qui dans un réseau d'or enferme ses cheveux
Et jusqu'à ses pieds blonds déroule sa tunique.

Aucun regard encor n'effleura son sein nu ;
Jamais les passions n'ont dérangé ses voiles :
D'un amour patient elle aime l'inconnu ;
Les langueurs de ses yeux ne rêvent qu'aux étoiles.

Ah ! si l'on lui laissait l'ombre verte des bois,
Elle irait y cueillir des bleuets et des roses :
Et, comme un souvenir, reviendrait quelquefois
Disposer à ton seuil leurs guirlandes écloses.

Debout sur la montagne, le poète contemple la cité, qui étouffe l'avenir ; il lui oppose l'esprit nouveau planant déjà sur l'horizon ; solitaire, il tend son mépris et sa haine contre la société, protectrice des lâches. Depuis le commencement du livre, c'est un torrent qui va, creuse droit son lit, un torrent d'idées contenu par la fierté d'une poésie active mais rigoureusement domptée. C'est aussi comme une strophe unique, infiniment variée, qui passe, vous emmène en un galop de cavalerie puissante, ordonnée, sans fanfares qui éclatent, sans gestes exaltés, mais si tenace en sa course égale et volontaire ! Et voici le chef de cette moderne chevauchée :

Comme d'une tunique, il est vêtu de gloire ;
Tout caparaçonné d'une étrange clarté,
Son cheval, frémissant, fait trembler l'ombre noire
Quand il hennit d'amour après la liberté !
. . . .
Il est le grand vainqueur, et son nom est : l'Esprit !

Et le poète, maudissant les sicaires des prêtres et des rois, appelle la liberté : qu'elle écrase tous ces nains, et brille sur l'humanité debout.

Entrons en ces pages de repos, de douceur : A mademoiselle Lydie Wilson, écrites en octobre 1863, et parues en avril suivant dans *la Revue du Progrès*, qui avait publié beaucoup des pièces du livre. Le voile se lève sur l'humanité de ce cœur, pressentie dans ses vers de combat :

> Songez donc, jeune fille, aimez bien la nature,
> Et voyez une sœur dans chaque créature.
> D'infiniment petits pour nos yeux sont perdus ;
> Mais de plus grands que vous vous restent inconnus,
> Ayant au-dessus d'eux de plus puissants qui règnent :
> Ainsi donc, pour ne pas que ceux-là vous dédaignent,
> Ne méprisez jamais ceux qui vivent sous vous :
> Soyez bonne pour eux, et douce : — aimez-les tous,
> Tous, l'insecte et la fleur, tous, l'animal et l'homme,
> L'être le plus puissant et le plus mince atome,
> Et soyez, les aidant de soins et de conseils,
> Mère pour les petits et sœur pour vos pareils !

Ricard inscrit un souvenir à Antony Deschamps. D'autres vers : les Volcans, appel grondant contre les infâmes, sont dédiés à Verlaine. En une aspiration indéfinie, il compare son âme à la mer, sombre mais sans souillure, dont il faut pardonner les bonds et les colères :

> Je suis l'être agité
> Qui ne puis plus trouver paix ni tranquillité.

L'orage n'est plus seulement sur sa tête, mais en lui-même :

> L'aquilon bat mon âme, et, sombre et courroucée,
> La vague du combat hurle dans ma pensée !
> Et, penché sous mes dieux, Juif errant du progrès,
> Toujours je veux aller sans m'arrêter jamais.

Ah ! que l'aimée, loin de l'accuser, le suive plutôt, qu'elle vienne avec lui au sommet du Sinaï nouveau ; alors :

> La Pensée, hérissant la vigueur de son aile,
> Poussée à l'infini par un souffle d'amour,
> Sondera jusqu'au fond, dans sa source éternelle,
> L'insondable splendeur du jour.
>
> . . . .
>
> Dans l'infini, nos pieds fouleront les étoiles
> Comme on foule le sable au vaste Sahara ;
> Nous interrogerons la nature sans voiles ;
> La nature nous répondra.

Et ce qu'elle dira, c'est que l'amour — l'amour auquel souvent revient le poète : nature et paganisme alliés dans ce tempérament extrême — est le fluide sublime qui verse en tout, la vie.

Celui qui hésite à bondir dans l'avenir, reprend l'apôtre libertaire, n'a pas droit à la gloire. Et que dire des enfermés volontaires, du cloître où se réfugient la douleur ou l'orgueil naufragés ? Il y a encore les mauvais poètes, qu'il fustige dans une épître à une dame :

> Non ! nous n'écrivons pas pour tous ces goûts malades
> Qui n'aiment que les vers arrangés en charades,
> Et que les pensers forts exprimés fortement
> Étonnent d'un profond et morne accablement.
> . . . .
> Ah ! tenons en horreur toutes choses fardées :
> Soyons francs dans nos mots comme dans nos idées.

Il leur oppose le Poète, seul digne du nom :

> Le vrai poète est fier ; et, fils de la tempête,
> Il va toujours devant, tient toujours haut sa tête,
> Et, mécontent toujours du présent malvenu,
> Du sommet idéal il plonge en l'inconnu.

Il faut posséder par excellence l'activité qui devance la foule et l'éclaire, pour n'être jamais content du présent et toujours le trouver malvenu. Pourtant, ce fils d'un siècle rebelle sait que ce siècle porte en ses larges flancs une humanité nouvelle, et même, n'accepterait-il pas l'ancien Dieu, si l'ancien Dieu consentait à être... un Dieu nouveau ?..

> Nous qui, sans hésiter, fils de l'humanité,
> Voulons, à livre ouvert, lire l'éternité,
> Et voir si quelque Dieu, que le présent ignore,
> Ne dort pas, jeune enfant, au berceau de l'aurore.

Elle est passée, l'aurore, et le soleil se lève ! Mais le Dieu nouveau, ne le cherchez plus en orient : il n'y a que son origine, comme nous tous ; pour la première fois, c'est en occident qu'il apparaît : et pourrait-il en être autrement, puisqu'il est fait de la sève séculaire de l'Europe, du rêve séculaire de la France, de la flamme inextinguible de la Révolution, de la raison et de la science, autant que de la tradition poétique et héroïque ? Quoi ! un Dieu qui accepte la Révolution française ? Mais oui : Danton l'a invoqué le matin de sa mort, Robespierre le nommait l'Être suprême, d'autres le désignent le Grand Architecte, et vous-même, — vous-même lui dites le Grand-Tout. Moi je garde le mot Dieu, plus court, plus simple ; et puis, j'y suis habitué. Ne chicanons pas sur un mot. Mais justement, direz-vous, l'habitude d'un mot est gênante pour l'esprit. Allons donc ! La France, depuis dix siècles, a-t-elle changé de nom ? Elle s'est cependant transformée par la Révolution. Dieu, sans changer de nom, peut se transformer aussi : il suffit de dire comment vous le voulez. — En attendant, Ricard fuit les pâles rimeurs attardés dans le siècle :

> Mais suivons, chers amis, suivons le vrai poète
> Dans l'idéal sacré qu'il gravit jusqu'au faîte ;
> Chantons derrière lui nos joyeux chants d'amour ;
> Aimons-le, celui-là, car il nous mène au jour.

Son front auréolé resplendit d'étincelles ;
Des éclairs fulgurants jaillissent de ses ailes ;
Et, quand son vol de feu rase l'éternité,
Le gouffre d'infini se remplit de clarté.

A ce cœur vaste, il faut la plus large

Poésie

J'admire, dédaigneux des vagues mélopées
Qu'entonnent nos rimeurs sinistres ou plaintifs,
L'épanouissement des vastes épopées
Balançant leurs parfums dans les vents primitifs.

Les jeunes univers dilatés et sonores
S'abreuvaient de la vie, éparse dans les airs,
Et la virginité des naïves aurores
D'une lumière fraîche arrosait les cieux clairs.

Mais, quand je redescends vers notre crépuscule
Plein de gémissements mornes et violents,
Trouvant l'homme pervers, honteux et ridicule,
Dans l'immense avenir je m'engouffre à pas lents ;

Et, sur le long chemin de la cité nouvelle,
Pour marquer où passa mon pas de voyageur,
Je dresse quelque strophe, austère et solennelle,
Comme un Sphinx de granit immuable et rêveur.

La pensée du poète s'élargit avec l'extension du progrès ; c'est même une rupture avec les matérialistes. Ecoutez, vous que vos aînés, du moins les loyaux et les clairvoyants, veulent guider et non pas entraver, écoutez cette page à la gloire de

La Pensée

Ah ! plaignons les esprits, sans lumière et sans ailes,
Qui se vautrent toujours dans la réalité.
L'azur de l'infini fatigue leurs prunelles ;
Ephémères, craignant les clartés éternelles,
Ces amis du mensonge ont fui la vérité.

Leur étroit horizon n'est rempli que de fange :
Des meules de fumier bornent partout leur yeux :
Parqués par le hasard, ils grouillent en mélange ;
Des saintes passions la sublime phalange
Ne peuple point leurs cœurs de rayons radieux.

Vous, esprits purs, planez ! Sinistre et désolée
L'humanité grelotte en ses manteaux usés :
Les dieux sont morts. La nuit dresse leur mausolée ;
Esprits purs, invoquez l'idée immaculée :
Elle rajeunira les hommes épuisés.

Et vous mourrez alors, vous, insectes voraces,
Qui, sous terre, rongez les germes de nos blés :
Nos épis plus féconds donneront à nos races
Un pain plus nourrissant, comme en grappes plus grasses
Le vin des forts cuira dans les barils comblés.

O Pensée ! ils boiront ta parole certaine ;
Ils ouvriront leur âme aux semences du beau :
Fécondes aux clartés, dont notre aurore est pleine,
Epis des vérités, germez dans l'âme humaine :
Les mensonges sont morts : croissez sur leur tombeau !

Tes rayons, ô Pensée ! et ton verbe sublime
Empliront tous les cœurs, de qui la pureté
A, comme un saint encens, monté jusqu'à ta cime ;
Et l'amour, arrachant la femme de l'abîme,
La rendra digne aussi de ton éternité.

Car la femme est sacrée : elle est sainte ; et vers elle
La pensée, en riant, incline son front pur :
O femme ! chaste sœur de la gloire immortelle !
Enlace-moi d'amour ; ah ! prends-moi sur ton aile :
Et, tous deux réunis, gravissons vers l'azur.

Femme ! malheur à ceux dont la fièvre insensée
A voulu polluer ta robe de beauté.
Malheur au libertin dont la main l'a froissée ;
Car, le jugeant impur, la pudique pensée
A jamais l'exclura de sa sérénité.

Seul, l'homme calme est fort : — la haine et la colère
Font trébucher le pied qui gravit l'infini :
Voyageur, prends en main un bâton tutélaire :
Tranquille, et sans ployer sous le jour qui l'éclaire,
Va dénicher l'oiseau d'idéal dans son nid.

Si parfois, ô Pensée ! ardent et jeune athlète,
Mon cœur âpre grondait et gourmandait le sort,
Pardonne-moi. Depuis, j'ai connu la tempête ;
Et les vents impuissants ont, en fouettant ma tête,
Enseigné l'ironie à mon esprit plus fort.

Je ne conserve plus, pour mon rude voyage,
Qu'un compagnon, un seul ! — Amour, viens avec moi !
Ah ! ne me quitte pas ; que ta voix m'encourage,
O femme ! que tes yeux brillent dans mon orage :
Si je doutais, ton cœur me rendrait à ma foi.

Et tu me montreras la cime d'allégresse
Que l'infini revêt de lumière et d'azur.
Monte, me diras-tu. — Je monterai sans cesse ;
Et ton bras soutiendra mon bras, si je m'affaisse,
Et, sous tes saints regards, mon cœur restera pur.

Cette page superbe était d'un jeune, d'ailleurs : elle est datée de février 1861. L'aède n'avait pas vingt-et-un ans !

BIBLIOTHÈQUE NATIONALE RF IMPRIMÉS

Le troisième livre : l'Amour, est offert

A Théophile Gautier

Pour marier le moderne à l'antique,
Sur l'idéal j'ai calqué mes dessins,
Et, quelque temps, poursuivi dans l'Attique
Aphrodité, dont je moulai les seins.

En remplissant mon musée artistique,
J'ai, bien ou mal, accompli mes desseins ;
Et maintenant, au devant du portique,
Je veux placer les bustes de mes saints.

J'y mets d'abord celui de ma maîtresse ;
Il est d'albâtre ; et l'amour noue et tresse,
Dans ses cheveux, des feuilles et des fleurs.

Et quand au vôtre, ô peintre, je le pose
Sur ce fronton, que l'air bleuâtre et rose
Fait chatoyer sous le jeu des couleurs.

Suit un Portrait, pastel frais et gracieux, qu'on ne peut fragmenter; je passe, avec le regret de ne pouvoir le citer entier. L'Açôka, au bord du Gange, fleurit quand une femme l'effleure : ainsi s'épanouit le cœur du poète, sous un sourire féminin. Dans le clair de lune, au bois, le chant d'amour s'amplifie : Allons retremper notre vie dans le calme de la nuit !

Comme il disait ainsi, les flots et la ramure
Murmurèrent, sur l'orgue harmonieux des nuits,
Cet hymne, à la fois jeune et vieux, que la nature
Fait avec les douceurs profondes de ses bruits.

Mais lui, près de son cœur, sentant trembler sa belle,
Se pencha vers son front et lui parla tout bas.
« Oh ! ce n'est pas de peur que je tremble ! » dit-elle,
Et son bras plus pressant s'appuya sur mon bras.

Si c'est là du parnassien, le parnasse n'était pas toujours impassible. .

Et la nuit, répétant, souriante et sereine,
Le bruit d'un doux baiser suivi d'un doux soupir,
Réveilla, balancé dans les rameaux du chêne,
L'amoureux rossignol qui se mit à gémir.

. . . .

Oh ! dis que tu viendras un jour, toi dont je rêve,
Plus clémente aux accents suppliants de ma voix,
Quand la lune amoureuse à l'horizon se lève,
Ecouter avec moi les silences des bois.

Le Réveil se fleurit d'amour souriant ; mais le voilà, déjà, suivi de ce

Reproche

Mon cœur est un oiseau des bois ;
Il a fait son nid dans ton âme,
Et, s'il y chante quelquefois,
C'est toi qu'il chante et pour toi, femme.

Tu ne l'as jamais écouté,
Et ton amour, rare en caresse,
Est sans rire pour sa gaieté,
Est sans larme pour sa tristesse

Quand il gémit de lents soupirs
Ton oreille en est ennuyée;
Par les baisers de tes plaisirs
Tu crois sa douleur trop payée.

Tu l'aimes ; il le sait, mon cœur.
Hélas ! pourquoi, toujours sévère,
Punir d'une telle froideur
Sa jalousie et sa colère.

Crois-tu donc n'avoir point de tort,
Et qu'une suprême justice
Trouverait toujours en accord
Toutes les lois de ton caprice ?

L'amoureux faisait ce reproche à dix-huit ou dix-neuf ans. Un an plus tard, il s'écria : Malheur au cœur naïf ! Le philosophe se formait, suscitant une floraison posthume, destinée à ce cœur, à la tombe qu'auront creusée ses larmes. C'est encore un clair de lune dans Paris, la Volonté, où les vingt années de l'homme dictent le poète. Et voici la première soirée en prison, que j'ai citée, des chats dont les ébats dérangent la ligne de son rêve, et une aquarelle vive, palpitante : Nous n'irons plus au bois. Oh ! si elle l'y suivait... Mais nos temps ne sont plus à ces tableaux gracieux, nos émotions sont brutales ; et l'amant, sous le ciel des baisers, par la prière des yeux, se replonge en l'intimité de son amour.

Lisez donc ces quatre vers tirés d'un intermède daté 25 mai 1865 :

Le canon grondant vomit des boulets ; des murs d'hommes croulent,
Les chevaux pesants, dont les pieds tonnants font le bruit des eaux
Que l'orage bat d'une aile d'éclair, s'élancent et roulent,
Et dans l'horizon avec de grands cris planent des corbeaux .

Il n'y a rien de nouveau sous le soleil, pas même les vers de quinze pieds.

Bien plus légers que des vers pentédécasyllabiques, voltigent des papillons, désirs autour de la beauté de l'aimée, et plus frais encore d'éveil, de jeunesse, de rosée, est

Un Rayon dans une rose

Déplissant sa robe froissée,
La rose, à l'heure du réveil,
Relève sa tête, arrosée
Par l'ombre fraîche du sommeil :

Et les doigts de l'aube rosée
Ouvrent son calice vermeil,
Où se baigne dans la rosée
Un jeune rayon de soleil,

Dont les caresses joviales
Font luire, à travers les pétales
Qu'il empourpre de ses clartés,

Cet infini rose et limpide
Que les lèvres des voluptés
Déroulent sur ta joue humide.

Un aveu échappe au poète : l'ennui, la souffrance sont en lui ; n'importe, il subira la vie, calme et fier, avec sérénité.

La fin de la carrière approche ; le livre quatrième, dédié à Michelet, revient au sujet initial : les Dieux. Le jeune lutteur s'était égaré dans ces temps où, demi voilé, Pan se montrait aux mortels ; mais la femme a suscité de neufs chants d'amour, et la *Bible de l'humanité* sera la clef mystique du poète renouvelé. Il se recueille, il a fini son œuvre, dit-il : l'homme d'action, avide de prédominer, se révèle dans cette confidence. Il déclare encore ses rêves à l'aimée, son espérance en la prochaine victoire de la liberté, et, enfin, rassemble sa philosophie en ce poème : le Crépuscule des dieux. L'abandon, la vieillesse des églises, il les voit dans l'avenir, définitifs comme des ruines ; cet annonciateur démocratique prononce :

Je contemplais ces morts, moi, seule âme vivante !

Mais un cri traverse le lourd silence : Pan est ressuscité ! Et devant l'aube du nouveau monde, Jésus paraît, et parle : Quand il vint, la nature pleura, dit-il. Même si ce fut possible, est-ce que la nature, est-ce que l'humanité n'a pas autre chose à faire qu'exister matériellement ? N'y avait-il pas l'idéal à faire dominer une fois sur le monde ? C'est ce qu'apporta Jésus à l'humanité, et ce don sublime prouve qu'il fut le plus sublime ami de la nature. Plus tard, oui, on abîma cela, au point qu'aujourd'hui il faut autre chose ; mais, alors, il le fallait ! Il s'écriait

Ah ! malheur à tous ceux
Qui n'ont conçu pour Dieu qu'un amour paresseux ;
A tous ceux dont la bouche impie,
Au lieu d'user sa lèvre à baiser les autels,
Voluptueusement goûte aux poisons mortels
Et s'enivre de cette vie.

Oui, voici dix neuf siècles, il fallait prononcer cette parole, opposer leur contraire aux passions, car les passions n'étaient plus dignes de ce nom. Nos vices sont des nains à côté des monstruosités antiques, mais si jamais renaissaient des monstruosités pareilles, souhaitons qu'un autre Christ renaisse aussi pour leur opposer le refuge d'un autel et le culte prépondérant de l'idéal. Si Jésus, qui fut bien l'Attendu de son temps, en dépit de l'erreur de quelques savants, maudissait les hommes de plaisirs, c'est qu'il ne s'agissait plus de plaisirs, mais d'abominables désordres.

Mères, femmes, soyez maudites à jamais !
Maudit soit votre cœur ! maudits soient vos attraits !
Trois fois maudites vos mamelles !

Soyons scientifiques. L'histoire est l'histoire, et sur la mission de Jésus, nous ne possédons absolument que les quatre Evangiles et les Actes des apôtres. Où diable avez-vous lu que le citoyen Jésus ait prononcé de telles paroles ? Ne serait-ce pas dans une soirée regrettable de l'atelier Massol ? — Si Jésus avait étranglé la vie, vraiment, depuis dix-neuf siècles, aurait-on vu cette montée nouvelle et superbe de l'amour non plus seulement humain, c'est-à-dire en somme animal, mais à la fois humain et divin ? L'amour ! mais des milliers de héros et d'héroïnes l'ont perpétué dans l'ère chrétienne, et comptez les poètes dont ce fut la muse préférée. « Aimez-vous les uns les autres ». Certes ! et dans la foi nouvelle, je demande qu'on garde cette parole de Jésus, qu'il l'ait dite le premier ou après des précurseurs. Ce n'est pas Pan amoureux qu'il vainquit, c'est Pan débauché ; et c'est fort différent.

Avec la lutte des deux lumières, nous rentrons dans l'histoire. La lumière ancienne doit faire place à une lumière nouvelle : revoilà science et logique. Tout coopère à la foi renouvelée :

Cette voix est un chœur ; elle est le chœur immense
Que forme de la terre au ciel tout l'univers ;
Tous s'y mêlent, selon leurs échelons divers,
Jusqu'à l'être inconnu que sa profondeur voile :
La fleur, humble, applaudit aux strophes de l'étoile,
Et les cris de l'insecte et les chants de l'oiseau
Aux lents susurrements de la terre et de l'eau.

A son tour parle la nature, et son heure de triomphe étant revenu, elle s'en exalte : Oui, c'est moi qui l'emporte !

J'ai grandi lentement, à travers tous les âges.

Mais au contraire, c'est aux premiers âges que vous fûtes formidablement grande, et à travers les siècles vous êtes allée toujours de plus en plus vers la petitesse.

En vain chercherait-on à me vaincre aujourd'hui !

La pauvre s'abuse ; elle a cru que la liberté était pour elle, et le peu qu'elle en absorbe grise cette vieillarde. Or, l'instinct éternel du poète veille, il morigène cette nature qui trébuchait, et qui, de meilleur sens, dit : Où donc est l'esprit de l'ancienne lettre ?

Il est allé mêler sa poussière féconde
Au chaos fermentant des révolutions.

Donc, il n'est pas mort ; donc, s'il anime nos révolutions qui sont bonnes, c'est qu'il était bon lui-même. Comme on se retrouve, Ricard, quand on le veut loyalement ! C'est qu'en ce temps où il écrivait, la nature était une voix de la liberté étouffée par l'empire et le cléricalisme, et cela explique toutes les rigueurs du combattant, comme cela donne à sa poésie la tension énergique d'une révolte qui ne veut rien savoir, rien discuter. — Cependant la nature devient tout à fait sage :

> L'âme des anciens dieux ne meurt pas tout entière ;
> Et, chacun contenant un peu de vérité,
> Reparaît transformé dans la jeune lumière
> Qui l'épure et l'absorbe en sa sérénité.

La voilà, l'histoire, la vérité ; et bien que le poète, dans le crépuscule, voie s'évanouir les dieux, il sait donner à l'homme ces bons conseils :

> Certes, tu peux, tu dois, ô pèlerin des âges,
> Une lampe à la main, plonger dans le passé,
> Où des traditions le fil est enlacé ;
> Heurte sur les tombeaux ton bâton de voyages.
> Sonde, en tous leurs replis, ces pays de la mort :
> Dans la cendre des temps dorment des étincelles
> Qui peuvent, éclairant les routes de ton sort
> Fournir à tes flambeaux quelques clartés nouvelles.
> Le savoir du passé guide vers l'avenir :
> Tu te connais toi même en connaissant tes pères :
> N'apporte point contre eux ces haines, ces colères,
> Dont usa trop souvent ce temps qui va finir.
> . . . .
> O dieux ! malheur à ceux qui s'en vont par les routes
> Lapidant vos autels et raillant vos tombeaux ;
> L'amour et le respect sont les deux seuls flambeaux
> Qui puissent éclaircir les ténèbres des doutes.

L'homme ?

> Il veut de votre lèvre apprendre son passé ;
> Pour lui, vous admirer, c'est s'admirer lui-même :
> Il vous porte avec lui, sans haine et sans blasphème,
> Ainsi qu'un vieux trésor lentement amassé.

Pourquoi donc le poète a-t-il donné l'exemple des destructions ? Pourquoi dit-il cela si tard, et, le disant, ne barre-t-il pas ses précédents anathèmes ? C'est qu'il croit que les dieux ne parurent qu'aux premiers âges, et que la nature a des revanches à prendre ; il ne peut voir, pris dans les rails de notre temps trop exclusivement négateur, que la nature ne se relèvera jamais plus au degré de ses antiques splendeurs, que l'humanité a accompli plus de la moitié de ses destins, et qu'il est bien tard, quand on s'en va vers le cimetière, même encore lointain, pour essayer de se passer de Dieu. Jésus marque le sommet de la marche de l'humanité ; depuis lui, nous descendons, nous descendons...

Le Crépuscule des dieux a rassemblé, en sa synthèse, la philosophie de Ricard, qui, pour auxiliaire, annonce le règne de la femme :

> Voici, voici venir le règne de la femme !
> Elle pose les pieds sur notre race infâme,
> Et le souffle puissant des saintes libertés
> Va dessécher soudain nos marais infectés.

De fort belles pages sont inspirées par

Les Formes

Oui, les arts sont vaincus ; les Formes immortelles
Voient les déserts lointains s'élargir devant elles ;
Mais, calmes, dédaignant le mépris des humains,
Le granit de leurs pieds fait sonner leurs chemins.
Leurs reins n'ont pas fléchi : leurs regards, sans paupière,
Boivent, sans se lasser, l'éternelle lumière,
Et rien ne peut troubler l'immuable fierté
De leurs membres, puissants comme un marbre sculpté.
Leur grâce ondule et chante en admirables poses ;
Le soleil amoureux dore de baisers roses
Les rondeurs de leurs seins et de leurs flancs cambrés.
Elles vont ; elles vont. — Leurs longs cheveux ambrés,
En flots marmoréens s'écroulant sur leurs hanches,
Mêlent une ombre douce à leurs splendeurs trop blanches.
Dans un rayon vermeil drapant leur nudité,
Elles marchent sans peur, debout dans leur beauté
Le désert retentit sous leurs pieds qui le froissent ;
Vers le pâle occident les cités, qui décroissent
Et plongent dans les flots des brouillards amassés,
S'accroupissent au loin comme des bœufs lassés.
Et le jaune horizon, tout nuagé de brume,
Comme un feu qui s'éteint, rougit, palpite et fume.

Ce n'est là que le début. Les cités ont exilé le chœur divin des Formes. Les rappelleront-elles ? Oui, quand elles réaliseront la liberté promise L'ensemble du XIXe siècle s'ordonne en quelques vers :

Ce siècle de brouillards, tout traversé d'éclairs,
Plein de foudres, ressemble à ces pesants hivers
Où, sur les caps brumeux battus des mers lascives,
Echevelant aux vents leurs lames convulsives,
Ossian écoutait, sous les nuages lourds,
Ses aïeux chuchotant leurs gémissements sourds.

Devant le désir du poète se lève une forme magnifique, fille de l'orient et de la blonde Hellade, aux poses superbement tranquilles ; il la célèbre et la prie avec ardeur, et elle lui répond :

Ah ! nous ne conduisons aux lumières futures
Que ceux dont la puissance et dont la volonté
Suivent patiemment, sans pleurs et sans murmures,
Le chemin du désert et de l'éternité.

. . . .

Confiant dans ton sort et dans ta conscience,
Suis mes yeux, dédaigneux d'un soleil affaibli ;
Pour bâton de voyage ayant pris la science,
Entre le siècle et toi laisse monter l'oubli !

Le livre s'achève par ce rappel de l'amour qui en relie les plus diverses phases :

Souhait

Autour de ta beauté, qu'il caresse de l'aile,
L'essaim blond de mes vers bourdonne ses adieux,
Et ravive un moment son éclat jeune et frêle
A la splendeur profonde et calme de tes yeux.

Ces vers sont tes enfants ; ton sein chaud et fidèle
Leur ouvrit constamment son asile joyeux ;
Et, par de longs fils d'or, ta magique prunelle
Dirigera leur vol dans l'infini des cieux.

Après avoir, quatre ans, soigné notre couvée,
Nous lui livrons enfin la Liberté rêvée ;
Ah ! dans dix ans encor, puisse un essaim plus beau,

Moissonnant te jardin de tes grâces écloses,
En verser, en chantant, les myrtes et les roses
Sur notre vieil amour, toujours jeune et nouveau !

Après ma lecture, j'ai ressenti l'impression singulière qu'on ne peut faire des citations d'un tel ouvrage ; heureusement, j'avais noté mon choix. Son auteur était si plein de l'idée démocratique extrême, que de la première à la dernière ligne tout s'enchaîne, tout se commande, relié par cette idée centrale. Ce n'est pas un recueil de pièces écrites selon des circonstances, c'est une profession de foi. Le *Ciel* qui n'a plus de dieux, la *Rue* qui livre l'état moral des cités, le *Foyer* qui prépare le règne de la femme : ces trois larges conceptions ont formé la mission publique de Ricard entre 1862 et 1865. Même l'époque et ses influences, même l'amour si vivement célébré, ne sont que de grands intermèdes en ce poème du progrès, rapide et vigoureux, lyrique et précis, s'avançant perpétuellement vers l'avenir.

C'est une œuvre vaillante, et surtout *sincère*. Après le speech de Ricard, à la manifestation de Reims du 8 octobre dernier, ayant suivi avec une émotion croissante sa lecture si simple, comme faite pour lui seul, d'un accent qui l'entraînait lui-même, lorsqu'il disait des choses plus vues en dedans que lues au dehors, je me vis en présence d'une sincérité si naturelle que je dis naïvement : « A vous entendre, on se sent devenir votre ami ». Eh bien ! à lire *Ciel, Rue et Foyer*, cette sorte de sensation ne s'est ni augmentée ni diminuée ; mais elle est confirmée. Le livre achevé, j'ai pensé : Il y a là un homme, — et je donnais à ce mot sa plus haute valeur.

Sans doute, j'ai réfléchi avec anxiété que de froids sectaires peuvent s'appuyer sur bien des passages cruels de l'œuvre. En ne permettant à sa philosophie que de se retremper dans la source de la nature, en ne lui concédant pour sauvegarde que l'amour, l'auteur conduit à l'anarchie suprême. Plus rien que la force et la ruse, c'est-à-dire la mort. Nos jacobins actuels ne voient pas ces extrêmes conséquences ; ardents de jeunesse, prêts à marcher bien au-delà de ceux de 1794 et décidés à ne pas mourir,

Ils sont, justement pour ces motifs, le déchainement même de la force et de la ruse jusqu'à la destruction de tout. Mais à côté d'eux, sont nombreux, espérons-le, les gens revenus du transitoire : Ni Dieu ni maître ! et ceux-là, dans l'ouvrage de Ricard, conçu par une pensée libre et façonné en une maçonnerie franche, précise et harmonieuse, sauront reconnaître un des plus beaux actes de la poésie et de la démocratie accordées par une âme loyale. La sève de la Révolution française, son cœur enthousiaste, son esprit libéré, sont la vie même de cet ouvrage, chanté et ciselé par un poète d'un lyrisme fier et toujours égal à lui-même, par un artiste habile, fervent et modestement initiateur.

Ce livre d'énergie, de virilité, est unique. On a dit cela aussi des *Fleurs du Mal*, pour des motifs d'art seul ; mais l'influence de Baudelaire n'a pas dépassé le parnasse, la décadence, le symbolisme et leurs dérivés poétiques. *Ciel, Rue et Foyer* aura surtout de l'influence sur le XXe siècle : c'est par la philosophie démocratique de ce livre que Louis-Xavier de Ricard va fortifier la littérature nouvelle et la nouvelle action sociale.

La publication de *Ciel, Rue et Foyer* était un acte considérable de poète ; mais l'activité impatiente de l'homme ne pouvait s'y attarder. Pour affirmer mieux ses idées et celles de l'ambiance, Louis-Xavier de Ricard fonda *l'Art*, journal hebdomadaire réunissant d'anciens collaborateurs de *la Revue du Progrès* et des amis nouveaux, Leconte de Lisle, Mendès, Sully Prudhomme, Marguerite Tournay. Ils soutinrent *Henriette Maréchal*, et consacrèrent un numéro à la pièce et aux Goncourt. C'est *l'Art* qui formula la doctrine parnassienne, et leur gagna l'épithète d'impassibles. Le dépôt central était chez Lemerre, où, chaque jour, de quatre à six, se tenaient des assises de poètes et d'amis de poètes ; il ne manquait plus que le nom.

L'Art coûtait cher à son directeur. On décida de le continuer en livraisons. La recherche d'un autre titre fut ardue ; une voix ironique ayant proposé *le Parnasse contemporain*, on rit, puis on y vit un défi et on acclama. On ajouta le sous-titre : Recueil de vers contemporains. Le 1er numéro parut le 2 mars 1866.

Ricard et Mendès s'occupèrent de la rédaction, sous le tétrarchat Leconte de Lisle, Banville, Baudelaire, et Gautier que Ricard connaissait de longue date. Ils avaient avec eux Louis Ménard, Sully Prudhomme, Léon Dierx, Léon Valade, Albert Mérat, Villiers de l'Isle-Adam, etc... Hérédia, Coppée, Verlaine, Mallarmé, Lepelletier, y firent leurs vrais débuts. J'ai montré, dans mon livre sur *le Romantisme*, comment le Parnasse fut un redressement du romantisme proprement dit qui avait vieilli, et de l'idéalisme moderne devenu morne, insipide. Cependant le public ne venait guère à ces poètes, et la critique restait froide ou hostile.

Les parnassiens se réunissaient chez Lemerre, chez Leconte de Lisle, chez Mendès, et, le samedi, chez les parents de Louis-Xavier de Ricard, qui, « la vivacité mais l'affabilité même, allait d'un groupe à l'autre, discutant tour à tour chaudement, esthétique et révolution, sonnet estrambote et fédéralisme, le tout avec une conviction ardente qu'on ne pouvait qu'aimer à la folie, même si on ne la partageait pas. » (Paul Verlaine, *Les Hommes d'aujourd'hui*, 8e volume, n° 385).

Il y eut jusqu'à trente-sept collaborateurs au *Parnasse contemporain*. Mais le succès étant surtout idéal, Ricard et Lemerre durent terminer à peu près seuls la publication ; le dix-huitième et dernier numéro parut fin juin de la même année.

En 1867, les parnassiens furent défendus par les six numéros de *la Gazette rimée*, publiée par Robert Luzarche, contre les *Médaillonnets* de Barbey d'Aurevilly et *le Parnassiculet* d'Alphonse Daudet et Paul Arène.

Par la suite, Lemerre donna deux nouvelles séries, plus éclectiques, du *Parnasse contemporain*, l'une préparée en 1869 et ajournée à 1871, l'autre datant de 1876. Et comme *l'Art* s'était tranformé en *Parnasse*, *le Parnasse* se clôtura par une *Anthologie*.

On voit qu'après Leconte de Lisle et Théodore de Banville, fondateurs poétiques du Parnasse, Louis-Xavier de Ricard en est le principal fondateur et comme poète et surtout comme homme d'action.

***

Pendant les dernières années du second empire, Ricard fit partie des groupes d'opposition républicaine et socialiste. Il y affirma ses opinions fédéralistes. Collaborateur au *Rappel*, à *la Cloche*, à *la Démocratie*, au Dictionnaire Larousse, il publia, lors de la déclaration de guerre, *le Patriote français*, contre l'empire et la guerre. Sur le point d'être arrêté, il gagna la Suisse, alla rejoindre à Vevey, Edgar Quinet, avec lequel il était en correspondance assidue depuis plusieurs années ; quelques-unes des lettres qu'il lui écrivit sont publiées dans sa correspondance.

Ricard revint à Paris après le 4 septembre. Il fit partie du 69e bataillon de garde nationale, commandé par Blanqui, puis s'engagea dans le 14e bataillon des mobiles de la Seine, où il resta tout le temps du siège.

A la Commune, il se mêla au mouvement, dans le groupe de la minorité fédéraliste, avec son ami Charles Longuet. Il écrivit, avec sa signature, des articles dans le *Journal Officiel* de la Commune, et fut, avec son ami Maillé, sous-délégué au Muséum du Jardin des Plantes. Après la semaine sanglante, il put s'enfuir, à grand'peine et par miracle. Il regagna Vevey, y resta un an, donnant des leçons à de jeunes anglais ; Edgar Quinet le fit rentrer en 1872. L'année suivante, il épousa Lydie Wilson qu'il avait connue tout enfant, et se « rapatria » avec elle dans le midi, à Montpellier. Là, commença pour lui une nouvelle période, extrêmement active.

J'en dégage d'abord *le Fédéralisme*, publié en 1877 chez Fischbacher, « en remembranço de moun paire, nascut a seto en Lengodoc. » Une préface déclare que l'auteur se propose de donner la *position historique*, la *définition historique* de l'idée fédérative. « Il y a certes plus d'une manière, dit-il, de défendre le fédéralisme contre les indifférents qui ne le connaissent point, contre les égarés qui le méconnaissent malgré eux, contre les ahuris qui s'en effraient, et contre les ambitieux et les intrigants qui ne le goûtent pas pour des causes bien connues d'eux. » Sa manière se distingue en ce qu'elle offre des éléments fondamentaux, recherchés dans la suite des siècles autant que dans l'observation des contemporains.

La forme de l'ouvrage est une discussion entre amis, quatorze fédéralistes d'éducations diverses ; c'est une sorte de concile en pleine campagne, ou, dit-il encore, « le drame intellectuel dont le dénouement est la détermination d'une doctrine. » En sorte qu'au lieu d'un cours froid, didactique, on a un livre d'une lecture vivante et colorée. C'est vraiment un volume qu'on désirerait voir dans toutes les mains, parce qu'il peut être entendu par tous les esprits. Le héros du « drame » est, ma foi, fort existant : c'est le fédéralisme luttant au cours des siècles, toujours écrasé et toujours renaissant.

Un premier dialogue, sur la nature et sur la méthode, place le sujet au point le plus élevé des controverses humaines. Il donne aussi la réfutation des erreurs de certains savants hostiles à la poésie. Puis, ces fédéralistes annoncent ce qu'ils veulent : ce n'est pas chercher la solution pratique, immédiate, à toutes les questions sociales et politiques qui occupent le XIXe siècle ; c'est plutôt définir l'esprit nouveau qui suscitera à ces questions la seule solution pouvant les terminer.

La pensée révolutionnaire, entravée par les diverses réactions, est sortie plus puissante des obstacles dressés sur sa route ; elle se connaît mieux, et sait enfin ce qui doit être édifié. Quant aux réactions, la bourgeoisie, cette tourbe d'agioteurs, qui leur a donné refuge, les entraînera dans sa ruine ; n'est-ce pas elle qui, en conservant l'idée unitaire et centraliste, a fait persister le principe d'autorité dans la Révolution ? Mais celle-ci, qui est science et conscience, et la multitude, qui est poète et artiste plutôt que savante, doivent se retrouver dans l'esprit nouveau, reconstitutif de la liberté, sans, toutefois, perdre le respect des grands hommes, ces précurseurs ou ces organisateurs.

De l'histoire, Ricard dégage principalement l'idée de progrès. Il montre que la philosophie des événements est inutile au peuple, tandis que leur explication politique lui procure un enseignement salutaire. D'ailleurs, par l'histoire, « l'homme se sent contemporain de tous les siècles » ; il y apprend que, sous les dominations unitaires, les races n'ont pas disparu, et que leur antique fraternité originelle « apparaîtra transfigurée et universalisée dans la fédération des peuples libres ; » il en tire même « une nouvelle théorie de la religion et de son avenir. » Car depuis *Ciel, Rue et Foyer*, Ricard a creusé la vérité à fond ; ce n'est pas, chez lui, une évolution : ce serait plutôt une confirmation, puisque, d'une part, il est resté fidèle absolument à sa profession de foi démocratique, et que cependant, d'autre part, la foi latente en son instinct de poète sincère est venue au jour, jusqu'à proclamer : « Dieu est une puissance non encore définie... S'il est un Dieu vivant, c'est celui-là qui ne se repose jamais... Entendu de la sorte, le mot de Dieu perd tout son danger, aucun autre ne pourrait le remplacer. » — Nous voilà pleinement d'accord.

La philosophie de l'histoire, dit-il encore, est la fin et le couronnement de toutes les philosophies. Et il ajoute : « La fin de la religion sera la fin du monde. » Pour nos temps, « l'idée de nouveau cherchera à s'incarner dans une image ; la conscience humaine s'affirmera dans un nouveau symbolisme, c'est-à-dire dans une nouvelle religion. » — Se doutait-on que Louis-Xavier de Ricard est, même en ce sens, un de nos précurseurs ?

Ce qu'il combat avec une énergie indomptable, c'est la fausse religion, j'entends, et lui aussi, les théocraties qui furent toujours les ennemies des peuples ; c'est elles qui auraient détruit l'idée de Dieu, si pareille idée n'était indestructible ; c'est elles qui ont entretenu ou sanctionné la tradition de l'idée unitaire exclusive, de la fatalité, principe de tous les despotismes, — cette idée perpétuée aussi dans notre siècle par la bourgeoisie cupide, débauchée, césarienne, et sceptique, « d'un scepticisme épais, rusé et brutal, ricaneur, goguenard, benêt. » Contre la doctrine fataliste et contre la bourgeoisie autoritaire, le peuple doit se lever, pour la liberté par le fédéralisme.

Il explique à fond cette alliance de la bourgeoisie et du catholicisme. Ce sont deux alliés à détruire ensemble. Mais seul pourra l'accomplir le principe de pluralité, dont la première application sera probablement la renaissance de la pléiade latine, la fédération des races latines, qui restaurera dans le monde les institutions fédéralistes. Il est même de bonne guerre d'opposer aux pharisiens modernes, le royaume de Dieu, ce rêve de Jésus et des premiers chrétiens qui fut l'idée d'égalité et de fraternité.

La bourgeoisie a fait dévier l'œuvre des communes. Or, la commune, c'est la base du fédéralisme, et avec elle, le canton, le pays, la province. La liberté, que nous n'avons pas, réside là seulement, tandis que le régime représentatif, tel qu'il existe, façonné par et pour les bourgeois, est un leurre. Ce qu'il faut, dit Ricard, c'est une organisation politique fédérale où « la souveraineté populaire est toujours en activité, s'exerce continuellement, montant de la commune au conseil exécutif, redescendant à la commune. » Et il établit le sommaire de ce plan politique de fédéralisme.

Ensuite il résume l'état social présent, montre que la tradition bourgeoise centraliste et unitaire, est incapable d'assurer la liberté, et que seul le peuple, ayant préparé le fédéralisme au cours des siècles, peut le fonder. Il rappelle aussi que les historiens ont fort négligé le midi. L'histoire romane est à dégager, ainsi que son idée fédérative, qui fut tenace sous tous les écrasements, car elle a pour destin d'aboutir à la fédération des peuples latins. La renaissance méridionale au XIXe siècle est le prélude des institutions fédéralistes, — qui ne sont pas séparatistes.

Il est prudent, en effet, de préciser la pensée de Ricard. Le fédéralisme n'est pas le séparatisme. Il s'agit de rendre vigueur et liberté aux provinces, en conservant un organisme central dont le rôle est de veiller aux questions générales. Décentralisation et centralisation sont deux modes nécessaires, devant opérer simultanément, dans une action concertée et souple d'harmonie sociale, Mais la centralisation, on en a trop ; il est donc urgent d'organiser le fédéralisme, qui seul peut donner la somme de liberté possible. Toutefois, cette institution, pour être normale et durable, ne peut être fondée que par le quatrième état — le peuple.

Tel est cet ouvrage, véritable programme des décentralisateurs. *Le Fédéralisme* est le livre de base, la source où les esprits voués aux renaissances provinciales doivent puiser l'idée limpide et vivace qui, mise en tête d'institutions nouvelles, les fera vraiment logiques, robustes et bienfaisantes.

En 1879, parut *Thélaire Pradon (la Conversion d'une bourgeoise)*. C'est le passage d'une âme de jeune bourgeoise, des pratiques du catholicisme à la vérité, à la liberté. Ricard publia aussi, chez Germer-Baillière, une traduction des *Nationalités*, de Pi y Margall ; c'est l'exposé du système fédéraliste.

Parallèlement à ces divers ouvrages, il collabora à un grand nombre de journaux, de revues littéraires. Il écrivit entr'autres à *la République du Midi*, de Montpellier. Il fonda dans cette ville *la Commune libre*, *l'Autonomie communale*, *le Bulletin de vote*, etc... Avec Auguste Fourès collaborant pour le Haut-Languedoc, Jean Lombard pour la Provence, et lui-même pour le Bas-Languedoc, il publia encore *la Sève*, *le Midi libre*, *la Ligue du Midi*, etc., tous journaux de revendications méridionales. Ils groupèrent ainsi des activités politiques, littéraires et linguistiques, qui donnèrent une forte impulsion aux esprits de la région. Ricard fut enfin rédacteur en chef d'un quotidien à un sou, *le Midi Republicain*.

En 1881, il accepta la candidature contre Devès dans la 2e circonscription de Béziers, et se retira au ballotage, par un respect, exagéré, de la discipline républicaine.

C'est surtout avec Auguste Fourès, son plus intime, son plus réel ami, qu'il s'était voué à la défense de l'autonomie littéraire et racique du midi, et à sa renaissance politique. Il était entré avec lui dans le Félibrige, qu'ils essayèrent de pousser vers le fédéralisme républicain. En 1875, il avait fondé, avec Maurice Faure et G. Bandoni, un peintre mort depuis, la société méridionale de *la Cigale*, — et, avec Edmond Thiaudière, des amis du midi, d'Espagne, d'Italie, une société fédéraliste latine, *l'Alouette*.

Il faut rappeler, de cette période si active, *la Lauselo (L'Alouette)*, almanach dont il parut trois volumes : 1877, 1878, 1879, formant de précieux recueils, en langues romanes et en français, de poésies, d'études méridionales, de documents, etc., qu'il m'est impossible de détailler ; mais j'y reviendrai, ainsi qu'aux autres productions, en ce temps-là, de Ricard et de ses amis : il y a là tout un moment à ressusciter, à propager pour le plus grand bien des idées d'art et de décentralisation actuelles. Je ne puis que citer encore *l'Idée latine* (chez Coulet, Montpellier 1878), *le Banquet de l'Alouette* (id.) et *l'Alliance latine*, une revue internationale où Ricard, Fourès et Lydie Wilson essayèrent de grouper les écrivains de tous les pays latins, autour de l'idée fédérative ; elle n'eut que deux numéros (juin, septembre 1878), mais très volumineux et pleins de choses curieuses, excellentes, que j'espère examiner prochainement. Il y a, entr'autres, au deuxième numéro, un article : *le Midi français*, de Ricard, important pour ses affirmations fédéralistes.

On peut, du moins, résumer en quelques mots cette action variée et nombreuse de plusieurs années : elle fut l'effort le plus considérable, le plus décisif, de la préparation au fédéralisme ; elle en rassembla sur un point, en un temps donnés, les éléments épars dans le passé et dans les provinces ; et, pour accomplir aujourd'hui quelque chose de bon, de perpétuel, il est indispensable de revenir à ces actes-là, qui ont défriché le domaine où peut désormais s'édifier l'œuvre fédérale pratique.

∴

Louis-Xavier de Ricard avait perdu sa femme, Lydie Wilson, en 1880 ; elle n'avait pas trente ans, et ce fut une grande peine qui brisa sa vie. Découragé, il partit, deux ans après, en Amérique.

D'abord rédacteur en chef de *l'Union française*, journal fondé par Emile Darriaux, à Buénos-Ayres, il gagna le Paraguay, où il tenta de se faire colon, cultivant la canne à sucre, etc., dans un vaste terrain acquis à Lambaré, près d'Assomption. Il fonda, là encore, un journal français bi-mensuel, *le Rio-Paraguay*, avec le double but de défendre, de développer les intérêts français dans ce pays, et de faire connaître en Europe les ressources du Paraguay. Il resta là près de deux ans. Appelé ensuite au Brésil par la colonie française, pour y publier un journal, il dirigea *le Sud Américain*, hebdomadaire, qui soutint les intérêts politiques et commerciaux de la France, très combattue alors là-bas par l'influence grandissante de l'Allemagne. L'esclavage existant encore, il mena contre cette institution une campagne très énergique. Il resta une année à Rio-de-Janeiro, qu'il dut quitter à la suite d'une attaque de fièvre jaune subie par sa seconde femme, Louise Kirchner, une champenoise qu'il avait épousée à Buénos-Ayres.

Rentré en France, à Montpellier, en 1886, il y recommença ses luttes et sa propagande républicaines. Il y retrouva ses amis, et les plus chers de tous, Auguste Fourès et Jean Lombard. Collaborateur au *Petit Méridional*, il fonda aussi de nouveaux journaux politiques et littéraires, entr'autres *le Languedoc*. En 1887, il fut appelé par le maire de Barcelone, Ruis y Taulet, comme secrétaire de la section française à l'Université. Il avait eu des relations très actives et très suivies avec les Catalans, lors de sa première campagne fédéraliste ; son séjour à Barcelone, jusqu'en mai 1888, le fit pénétrer tout à fait dans le mouvement catalaniste. Son étude sur Auguste Fourès : *Un Poète national*, est aussi de 1888 (Savine éditeur). Mandé ensuite à Toulouse par les directeurs de *la Dépêche*, il retourna à Montpellier, où il prit la direction de l'édition de *la Dépêche* pour l'Hérault. Il y publiait, en plus, tous les quinze jours, un article de première page. Cette collaboration devait durer jusqu'en 1897, sauf une année d'interruption, qu'il passa à Java (1890). Il était envoyé dans cette île lointaine en mission, par le secrétariat des colonies; il y étudia le système colonial hollandais, et, au retour, publia sur Java et sa colonisation, quelques articles dans *la Revue scientifique* et d'autres publications. Il passa un an à Toulouse (1891), puis revint à Montpellier, reprendre la direction politique de *la Dépêche*, pour l'Hérault, et sa collaboration.

En 1891, Ricard fit paraître, chez Lemerre, avec une préface, les poésies posthumes, françaises et languedociennes, de Lydie Wilson, sous le titre choisi par elle-même : *Au Bord du Lez.* Le Lez est un petit fleuve qui passe près de Montpellier. Plusieurs de ces poésies avaient paru dans *la Lauseto*, sous les pseudonymes de Ma Dulciorella et Lidia Colonia.

La même année, il donna, chez Savine, *Autour des Bonaparte*, fragments de mémoires de son père, le général de Ricard. Il mit en tête une importante Introduction, qui montre à la fois ses débuts de parnassien et de républicain, et de curieux dessous de la fin du second empire.

L'Esprit politique de la Réforme (Fischbacher, 1893) fut une mise au point des complicités luthériennes avec les despotes allemands et des efforts calvinistes vers une organisation démocratique. En Suisse, en France, « la Réforme tendait logiquement à une république fédérale. » Mais tous les partis d'oppression, les rois, les papes, les jésuites qui mirent en une méthode serrée, redoutable, les formules flottantes du gouvernement implacable de l'Eglise, se liguèrent contre ces protestants revenus à la simplicité, à la liberté, à l'égalité des premiers chrétiens. C'est politiquement que la Réforme fut vaincue, et elle le fut à force de supplices, de bûchers, de massacres; au nord, elle prit fin par la Saint-Barthélemy; au midi, par l'abdication d'Henri IV. Ainsi, toujours, « la France semble condamnée à se recommencer sans cesse, à essayer, à tout instant, de superbes renaissances qui meurent, après des efforts héroïques, étouffées par les réactions. » — L'édit de Nantes ne fut qu'un palliatif; d'ailleurs, les jésuites, rappelés, s'unirent sourdement au despotisme, et obtinrent de Louis XIV la révocation de cette mesure relativement libérale. Dans sa conclusion, l'auteur montre que la Réforme ne fut pas un système mais un esprit; elle lutta contre l'arbitraire, développa la science, agit en force destructive jusqu'à l'acte suprême : la Révolution française; et dans le midi, son idée renferma le principe hostile à la centralisation absolutiste, le germe du fédéralisme. — Ce livre met en lumière la Réforme, que des historiens n'ont présentée que superficiellement; on l'y voit naître par des circonstances logiques, écrasée par tous les despotismes alliés contre elle, et cependant restée vivante jusqu'à féconder puissamment nos révolutions.

Ricard, vers ce temps-là, publia encore (chez Bernard et Cie) *la Colère*, un roman dont le titre est une description; disons seulement qu'il s'agit d'un tempérament féminin. Il écrivit la préface des *Ebauches* de Robert Bernier, et surtout publia dans *la Dépêche* une série d'articles de revendications fédéralistes et méridionalistes, qu'il a l'intention de réunir en volumes. Il collabora durant cette période active, à des journaux et revues dont il ne sait plus même le nombre. Il mena une très énergique campagne contre le boulangisme. Enfin, en 1897, un différend étant survenu entre lui et la direction de *la Dépêche*, pour une question de politique locale montpelliéraine, il donna sa démission de rédacteur et de correspondant du journal, et revint habiter Paris.

Collaborateur au *Gil Blas*, il y publia chaque semaine, pendant près de trois ans, des contes et nouvelles; et, en feuilleton, un roman qu'on vient d'éditer sous le titre : *Idylle d'une Révoltée*. C'est à ce moment aussi qu'il fit paraître dans *le Temps* une suite d'articles intitulés : *Petits Mémoires d'un parnassien*; on y voit revivre le mouvement parnassien au temps de la fondation, et des personnages : Leconte de Lisle, Verlaine, Anatole France, J.-M. de Hérédia, Léon Cladel, etc.; quand ces souvenirs paraîtront en volume, on possèdera la vérité sur cette floraison littéraire, à propos de laquelle courent encore des légendes. *Le Temps* eut aussi de lui des articles sur le mouvement catalaniste, qui firent du bruit.

L'Aurore publia en feuilleton : *Officier de fortune*, dont l'action se passe sous le Consulat; le héros est le fameux Maubreuil. La première partie de ce roman a paru, sous le même titre, à la librairie Tallandier. Les deux autres parties, *Bonaparte-Scapin* et *la Bacchante*, restent à éditer. *Madame de la Valette* (Ollendorff, 1901), dédiée à Anatole France, fait partie de cette série : le romancier y a réalisé ce tour de force de dérouler presque toute l'action en la seule nuit de l'investissement de Paris par les alliés, le 29-30 mars 1814, sans que le récit, pressé, rapide, haletant, cesse d'être extrêmement captivant.

Il contribua, pendant cette période, par des souvenirs, des chroniques, des nouvelles, des articles littéraires, aux rédactions du *Temps*, du *Petit Bleu*, des *Droits de l'Homme*, du *Journal du Peuple*, de *la Lanterne*, du *Radical*, et de divers périodiques : *Nouvelle Revue*, *Renaissance latine*, *Revue contemporaine*, *Monde moderne*, *Revue des Revues*, où il publia (15 juillet 1903) une comédie : *le Valet de madame la duchesse*, faite en collaboration avec Anatole France en 1868. Il collabora au *Figaro*, où, chaque semaine, sous le titre : *En Province*, il mena une assez active campagne fédéraliste-régionaliste. A ce propos, je rappelle qu'à la fondation de la *Fédération régionaliste française*, il fut nommé président; mais ce fut une présidence plus honoraire qu'effective.

Tout ce que Ricard a écrit devait, en son esprit, se classer par séries : tels, ces romans du premier empire dont j'ai parlé. Il projetait également une double série sur le second empire, documentée de ses propres souvenirs et des notes que lui laissa son père. La première, de forme romanesque, quoique toute vraie au fond, porte le titre générique de *Mémoires d'une Déclassée*; elle s'ouvre par *les Foucades de la Duchesse* (Juven, 1901), où fleurit l'adultère de ce temps impérial par la débauche autant que par son triste régime; elle se continue par *l'Hôtel du Plaisir*, *Mesdames*, en préparation, et doit aller jusqu'à la Commune. La seconde série, intitulée : *Carnets d'une Demoiselle de Saint-Denis (Histoire mondaine du second empire)*, commence avec : *En attendant l'Impératrice* (Librairie universelle, 1904), dédié à M. Arthur Christian, directeur de l'Imprimerie nationale ; dans ce roman, le voile est largement levé sur le libertinage mondain d'alors.

D'un Monde à l'Autre constitue une autre série, celle-ci toute sociale, dans laquelle il raconte les luttes d'une révoltée qui veut, coûte que coûte, conformer sa vie à ses idées ; les plans des romans sont établis. Deux volumes ont paru : *les Conditions de Claire* (Chamuel, 1897), *Idylle d'une Révoltée* (Librairie universelle, 1905).

Je ne puis malheureusement, dans cet article limité, faire valoir l'agrément, la variété, et aussi l'enseignement humain et social, de ces nombreux travaux ; j'ai dû exposer seulement ceux qui livrent la pensée poétique et la pensée fédéraliste, c'est-à-dire la nature intime de l'auteur ; les aspects multiples, colorés et neufs, des autres ouvrages, qui donneraient le portrait total, prendront place dans une étude plus développée.

Sous le titre : *le Martyre d'un Peuple*, Ricard projetait aussi une série d'œuvres sur l'histoire du Languedoc, saisie à ses grandes époques décisives. C'est à cette série qu'il tient le plus ; mais l'éditeur ne s'est pas encore offert. Les plans sont établis, faits avec un scénario complet, sur documents réunis et études historiques poussées avec toute la conscience désirable. Du premier livre ; *Maguelone détruite*, geste dramatique, deux fragments ont paru : le premier tableau (à la *Nouvelle Revue*), qui est l'exposition de l'œuvre, et le troisième (dans *l'Humanité Nouvelle*), dialogue où il en établit la signification et la portée philosophique. L'auteur n'a pas eu d'ambition scénique ; et cependant c'est une sorte de théâtre âpre et vibrant, profondément dramatique, peuplé de fureurs barbares, d'une allure à la fois primitive comme aux Chroniques romanes et savante par tout l'art de nos temps, que le dramaturge libertaire, mieux peut-être qu'en ses autres écrits, révèle en ordonnant l'exposé de ces conflits et de ces mélanges de races au VIIIe siècle, sous l'invasion arabe.

Un roman : *Amanien de Balaruc*, dont le héros est un troubadour patriote au temps de la croisade contre les Albigeois (13e siècle), devait raconter, sous une fiction dont tous les éléments sont rigoureusement donnés par l'histoire et les traditions, la lutte héroïque et désespérée du Languedoc contre l'extermination et l'inquisition catholiques et royales.

En deux autres romans : *Bernard Delicroi* et *Albine*, il voulait évoquer le Languedoc et sa dernière convulsion contre la domination du Nord, puis son réveil à l'époque de la Réforme. Enfin, un dernier roman : *Caprices de grande dame*, montrait la province soumise, dénaturée et pervertie au temps de Louis XV.

La Mort de Rollant, poème paru dans la *Revue Nouvelle* et extrait d'un drame : *Hugues Capet*, dont il n'a publié que quelques fragments, se rattache par le sujet à cette série. C'est la légende de Rollant interprétée dans un sentiment méridional.

Un autre livre, plus moderne, est à paraître : *En plein midi*, Contes et

Légendes du Languedoc ; l'Homme de la Lune, En-Tue-Sept-D'un-Coup *(Monde Moderne)*, ont seuls été publiés. Il a aussi un ou deux autres volumes de nouvelles, dispersées dans le *Gil Blas*, dans des revues, des journaux.

Je rappelle encore d'autres écrits qui ont paru : un drame en sept tableaux, *la Catalane*, joué à Montpelier en 1895, puis en tournée de province par une troupe parisienne, et édité chez Savine; — *Abrégé de l'Histoire universelle*, traduit de l'italien, de César Cantu (2 vol., Garnier); — *le Fils du Soleil*, roman brésilien, traduit du portugais, de J. de Alencar (Tallandier); — *Brune, Blonde, Rousse*, nouvelle (Ollendorff.)

Ricard a, enfin, un certain nombre de livres achevés, qui n'attendent plus que l'éditeur : *Comment je devins comédienne*, suite de nouvelles; — *Hugues Capet*, poème dramatique en vers; — *Terre-Morte*, comédie en cinq actes où il a symbolisé la lutte des terriens peu à peu expropriés par la finance cosmopolite ; — *la Dot de Gaudette*, comédie en trois actes, pastiche de la comédie avant Molière; — *le Régionalisme français*, articles de la *Dépêche; — Bonaparte-Scapin*, et *la Bacchante*, suites de *Maubreuil; — Pages languedociennes*, études d'histoire politique et littéraire du Languedoc.

.˙.

Louis-Xavier de Ricard, nommé récemment conservateur du château d'Azay-le-Rideau (Touraine), pourra continuer en paix, dans ses heures de loisir, ses travaux littéraires. Mais la somme des ouvrages publiés et des manuscrits terminés offre déjà une importance qu'il est inutile de souligner. Cette œuvre considérable, variée, gonflée d'une sève active et généreuse, compte parmi les meilleures de nos temps, et elle comptera dans l'avenir au moins par les deux grandes pensées qui l'animent, et qui sont si fortement exprimées en deux de ses livres.

La philosophie démocratique dont s'inspire *Ciel, Rue et Foyer ;* le programme de décentralisation et d'organisation républicaine qu'est *le Fédéralisme* : voilà deux beaux et bons livres, deux actions vaillantes et fructueuses, par lesquelles Louis-Xavier de Ricard, non seulement s'est fait une place excellente parmi les écrivains littéraires et politiques de la troisième république, mais encore a ouvert une voie nouvelle, de démocratie populaire et d'harmonie fédérale, où nous marchons désormais avec lui.

BIBLIOTHÈQUE NATIONALE R.F.

Saint-Amand (Cher). — Imp. Pivoteau et Fils

BIBLIOTHÈQUE NATIONALE
IMPRIMÉS

www.ingramcontent.com/pod-product-compliance
Ingram Content Group UK Ltd.
Pitfield, Milton Keynes, MK11 3LW, UK
UKHW020454230726
13925UKWH00005B/1920